KB109064

밤의 분명한 사실들

밤의 분명한 사실들

진수미 시집

민음의 시 181

민음사

自序

망가진 우산처럼 접히지 않는 얼굴들이
거리를 떠다닌다.

눈송이, 결정을 이루는
힘
존재의 분말을 뭉치게 하는 힘은
무엇인가.

당신들의 불면에 나의 밤을 처방한다.

2012년 3월

차례

2부 옹호되지 않는

1부

겹겹의 당신

비몽

좁고 어두운 통로 같다
그러나 방이다
가구는 없다
놓였던 흔적조차 말끔히 사라졌다
←Backspace와
↵Enter 키를 무의식적으로
혼동하는 그대로서는
가져 본 적 없는 방

여자는 어둠을 노려보고 서 있다
정적

임종에서 깨어나기 직전에나
누릴 법한,
바닥을 연상시키는
떨림을 내장한

이곳을 시간이 머무는 공간이라
말할 수 있을까 그대는 고개를 갸웃거린다

←Backspace와 ↵Enter는
여전히 그대의 화두다

여자가 팔을 들어 올린다
가까스로 손바닥이 그녀를
내려다보는 높이
남은 팔도 호를 그리며 따라간다
천천히
이마 높이에서 멈춰 서고

탕 탕 여자의 눈에서 무언가
발사된다 손바닥에 가,
박힌다
지글지글 녹는다
웅덩이처럼 파인 그곳에는
액정 화면이 쏘아 대는
빛
가까이 들여다보라

땀 흘리며 천천히 발광하는
눈썹이 자라난
거울

여자는 알고 있다
오른손은 십 년 전
왼손은 이십 년 전 자기를 비추고 있다
옆모습이다
서로에게 할 말이 많은

여자가 회전한다 두 개의 달이 천천히
궤도를 유지하며 따라온다 뒷모습밖에 볼 수 없던 그대는 흥분하며
상반신을 숙이겠지만
경악으로 터져 나오는 경련 중인 손끝에게
아무런 죄를 묻지 말 것, 그대는 지금
눈과 눈썹이 있어야 할 자리
어지럽게 갈라진 선분을 보고 있다

손바닥이었다면 손금이라 불렸을,
감정을 지운 무질서와
흠집투성이 평정
이토록
복잡하게 얽힌 내면의 눈은 다시없으리

여자가 걸음을 멈춘다
음이 소거된 삼각형
속
세 여자
상대방의 격렬한 입술을 취한 듯 응시하다
동시에 떠들어 댄다

불만
불붙은 가지에 얹힌 만년설

불능
마주치지 못하는 손바닥

불가지
불화를 옮기는 가지들

여자가 손바닥 폴더를 천천히 접는다
주먹이 쥐어진다
한 눈의 여자들이 지르는 비명처럼
진동이 손안에 잡히고
여자는 잠시 온몸을 부르르 떨다
주저앉는다

시간이 한 방울
두 방울
촛농처럼
떨어지는

정적

불현듯 여자가 네 발로 서서
천장에 달린 CCTV를 향해

컹, 컹, 컹
짖는다
눈-손금에 습기가 차오르도록
컹, 컹, 컹,

그대의 회로는 격음을 오래 견디지 못한다
목에 달린 자그만 모니터가
연기를 뿜어 댄다

이곳은 좁고 어두운 통로
를 개조한 장소

컹, 컹, 컹
공간을 잠그는 최초의 소리
이제 우리의 눈을 닫을 시간
그것이 주어진 예의

←Backspace를 누르건

↵Enter를 누르건
그것은 그대의 자유,

[ilúːʒənist]

1

모퉁이를 돌면,

세상 빛이란

빛 모두 사라지리라.

이 모퉁이를

꺾어 들면

그리하여,

.

.

.

.

.

.

.

가등은 여전히 휘황하고

쏟아지는 눈꺼풀을 들어 올리며

고양이 한 마리

꼬리를 쳐들고
유유히 빛을 횡단하는구나.

2
이것은 환시고
저것은 fact고,

너무 그러지 마요.
세상 골목이란 골목은

모두
가로지르라 있는 것,

거리를 휘저으며 달려가는
불로 된 바퀴들

입 벌린 생선처럼
어처구니없이
가로수는

재(灰)로 돌변하는데

이것은 환청
저것은 난청

내 두 귀를 흘러 다니는
뾰족한 이것은 뭐지?

3
누군가
어디에선가
세계의 스위치를 오프로
내리고 또 내려도

너는
쉽게 떠나지 못하지

실같이 가는
고양이들

아슴푸레 뜬 눈빛으로
스러져 가는,

4

네 메일을 오늘에야 받고
답을 낸다.
사랑스런 네게
들려주고픈 한 가지

아드득 아드득
밤새 저 달이 가는
이 소리

세상의 끝이 정박하는
항구의 고동,

그리고 0.

열리지 않는

—관

올 들어 두 번째 수도가 얼어붙었다 꼭지를 열어 놓고, 열리지 않는 사물의 목록을 작성한다 저벅저벅 자판 위로 복도의 얼음을 깨우는 소리 — 쇠들은 부딪고 비벼진다, 마른 불꽃의 기척 — 끼이익 문 사라지고 탕 다시 나타나고 — 삐걱거리는 음들을 믿지 않는다 둔각의 음절은 이곳에 거주하지 않는다 수도꼭지가 쏟아 내는 사물의 각도만큼만 나는 볼 것이다 자판 대신 건반을 두들기고 있다 이것은 오르간이 아니다 손가락이 아니다 나는 바위처럼 솟은 치아를 해머로 내리치고 있다 순간 코와 입이 감각이 사고가 오지의 식물처럼 자라나고 뒤엉킨다 폭력暴力이 거대한 음악이 되는 순간 — 당신이라는 아가리 디딜수록 아래를 향하는 계단 현의 진동에 화상을 입고 뛰는 토끼 숨쉴 때마다 물풀이 돋아나고 이끼가 미끄덩거려 번번이 미끄러져 내린다 거부拒否가 낯익은 춤이 되는 순간 — 나는 쏟아져 내리기 직전이다 입이 열리고 토사물이 흘러나온다 고장 난 식도가 게워 낸 것은 깨진 거울이다 신 냄새 나는 거울 속 — 내가 부순 건반을 끼워 맞추는 네가 보인다 이상하다 아무것도 하지 않았는데, 관이 녹아 버렸다 영원히 시작되는 건 밤의 언어다

겹겹의 당신

우리, 라는 말을 상상할 필요가 없던 머나먼 곳. 당신은 언제나처럼 눈을 감는군요. 북소리가 휘몰아치는 안개 속에 우린 같이 있었잖아.

이야기의 시작은 혼자인 법이 없어서, 복수의 그건, 겁 많은 동물의 가두리를 가리키기도 해요. 아무것도 믿지 않는 당신. 별. 사나운 당신, 갈기.

북소리는 안개처럼 우릴 빨아들였고, 손을 넣어 서로의 심장을 어루만질 때마다 사라졌던 우리들이 하나둘씩 돌아왔죠. 하나면서 둘이고 메두사의 갈라진 머리칼이기도 했던 우리들.

소리는 물속에서 올라오고 있었어요. 우리는 수면에 얼굴을 떨어뜨렸죠.

당신처럼 아름다운 여자가 너울대는 젖은 머리털 새로 우리를 올려다보고 있었어요. 당신의 눈, 코, 입에서 뿌글뿌글 거품이 솟아오르고 있었고, 소리는 더 빠르게 잦아들고 더 빨리 자라났어요. 어서 나와, 외쳤지만 당신은 동그란 눈을 우리에게 고정시킨 채 꿈쩍도 안 했죠.

던져 줄 게 없어서, 우리의 몸은 왜 이리 미끈둥미끈둥

한 걸까, 누군가가 탄식하듯 혀를 늘어뜨리기도 했었죠. 당신은 아무것도 붙잡고 싶지 않은 게 분명했어요. 주무시네요, 이 순간, 당신은.

헐떡거리며 방죽에 주저앉았어요. 우린 늘 쉽게 지치잖아, 늘였던 혓바닥을 되감으며 어떡하지를 연발하고 있는데, 어느샌가 당신이 우리 곁에 앉아서 어떡하지, 어떡하지를 반복하고 있는 거예요.

뭍으로 나와 보니 당신은 하나가 아니었어. 안개가 걷히고 나니 우리와 똑같은 숫자로 불어 있었지. 똑같이 데려갈 친구가 생겨서 너무나 기뻤어.

우리의 목욕물을 나눠 주고 우리의 옷을 입히고 우리의 침대에 눕혔지. 당신은 말 잘 듣는 아기 같았어. 우린 엄마가 되었다고 해야 옳을까,

북소리와 안개는 더 이상 들리지 않았고 갈라진 서로의 틈새를 헤집는 대신, 우리는 밤마다 당신 심장을 어루만졌지. 이제 난 알아, 우리가 더 이상 우리가 아닌걸. 우리들은 하나둘씩 사라지고 그 자리에 당신들이 앉아 있더군. 우리가 남긴 목욕물을 끼얹고 우리의 호흡과 기억을 되풀이하

면서 우리의 표정으로 스튜를 젓더군. 이제 난 알아, 이 이야기가 더 이상 우리만의 이야기가 아니란 걸.

북소리가 시작되었네. 저 소리를 따라 나 역시 사라지겠네. 이야기엔 왜 그리 한숨과 주름이 많은 걸까, 당신을 닮은 그녀는 어디로 사라졌을까. 주름, 그래, 우주를 주무를 수 있던 시간들. 북과 안개의 융단이 데려다 주는 머나먼 곳. 다시 한 번, 물속에서 완성되는 종족이 다시없기를, 우리의 이름을 빌려서 빌래요. 안녕, 아름다운 겹겹의 당신.

빛의 저격수

뻬뚤뻬뚤한 치열을 두드릴 수는 없잖아.
잇새에 돌이 가득했다. 의사는 스케일링을 권했다.
치지도 않을 건반의
뚜껑을 열기란 쉬운 일이 아니었으므로,

~~작은/아버지는 조율사였어요 가끔은 제 몸도 만져 줬죠~~

복기할 수 없는 음들이 밤마다 찾아오고
욕실에 달린 얼굴에는 누군가 밟고 다닌 흔적이,

몇 날 며칠을
턱을 잡고 앓았다.
아랫배도 수상스레 부풀어 오르는데,

~~작은/아버지는 조율사였어요 가끔은 제 몸도 만져 줬죠~~

약사는 말없이 진통제를 내밀었다.
전선 위에는 하얗고 검은 새들이 줄지어 앉아 있다.
어젯밤 그녀가 뜯어낸 건반들이다.

햇빛이 그들을 쏴 맞추고 있다.

코 위까지
점퍼의 지퍼를 올리고 발걸음을 재촉했다.

~~작은/아버지는 조율사였어요 가끔은 제 몸도 만져 줬죠~~

무심코 고개를 돌리자
살찐 건반의 관절이 꺾이면서 공기의 현을 두드린다.
무광의 돌들은
눈도 깜박이지 않고 빛을 되쏘고 있었다.

그 여름 마지막 비의 춤

그 여름 얼어붙은 비가 내렸어요
속옷만 입고 쫓겨난 아이들은
맨발로 춤을 추죠
맨홀 사이사이를 돌며

번개 쳐도 눈 반짝이지 않고
눈물에도 녹지 않는
날카롭고 시린 잇몸들 아이들은
맨발로 그걸 느끼죠

콩콩콩 소리가 다가오면
맨홀들은 서둘러
벌린 입을 다물죠
갈라진 맨발도 그걸 느끼죠

나는 사라지지 않을 거죠?
맨홀들은 함구했지만

그 여름 유리 조각 섞인 비가 내렸어요

아무도 사라지지 않았지만
춤추는 아이는 볼 수가 없죠
유리로 된
혓바닥이 넘실넘실 도로를 가득 메웠죠

발화점

초경을 했거든요 기념으로 식탁에
비명을 아로새겼어요 달거리 때마다
핏덩이가 실핏줄에 매달렸어요
어느 집 업둥이려나
빙글빙글 식탁이 돌았어요

가슴을 벗은 거울 앞에
초를 들고 서 있었죠 찰랑찰랑 불꽃이 흔들리고
가슴 대신 우리는 부풀어 오른
눈동자 두 개를 비출 수 있었죠

불투명한 농담濃淡이었나요
모두가 숨을 죽였죠 확대된 동공만이
서로의 표정을 스캔하는 중이었는데요

"비가,내렸는데,혓바닥은,젖지,않았어,"

아무도 입술을 움직이지 않았는데,
으……………………………응?

누군가 밑으로
지껄였나 봐요 폭죽처럼 터져 나는 웃음
을 멈출 자는 없겠죠 가슴은 눈물까지 찔금
지렸는데요

식탁이 빙그르르 돌아가고요
촛불은 비명을 지르며 저절로 엉겨 붙었어요
젖지 않는 혀처럼
불꽃을 닮은 게 또 있을라구요 동그랗게 배꼽처럼 우릴
꿰어 놓는 피어싱

우계(雨季)

소녀가 울고 있었다. 들먹이는 등을 타고서 목을 감아올린 물뱀이 말했다. 네 눈을 조금 핥아도 될까, 소녀는 콧물과 숨을 한꺼번에 들이마시느라 고개만 끄덕일 수 있었다. 물뱀은 갈라진 혀 사이로 눈알의 어두운 부분을 쓰다듬었다. 기다란 혀가 안구를 동그랗게 감쌌다. 부드럽게 살아 움직이는 구슬을 만지는 것 같았다. 약간의 소금기가 감칠맛을 더했다. 이 말랑말랑한 구슬을 빨아 볼 수 있다면!

깨물거나 삼키지 않을게 살짝 입에 넣었다 돌려주면 안 될까, 뱀의 혀가 누선을 누르는 바람에 소녀의 눈물은 잠시 말라 버렸다. 하지만 울 수 있는 시간이 그리 많지 않다. 안 돼, 미안하지만 눈알을 뺏겨서 우는 것처럼 보이고 싶지는 않아. 뱀은 신음과 함께 허리를 약간 뒤틀었다. 교활한 꼬리가 똬리 속에서 움찍거렸다. 뱀은 퇴로를 흘긋 내려다보았다. 소녀의 가파른 팔꿈치가 보였다. 그 아래는 벼랑이었다.

소녀의 눈이 어둑어둑해진다. 두터운 구름이 다가와 반짝이는 것을 덮고 있었다. 뱀은 머뭇거리듯 둥그런 몸을 천천히 움직였다. 바닥에 다다랐을 때 우기의 끝을 예감할 수 있었다. 기다렸다는 듯 기다란 빗발이 천천히 머리를 뚫고 지나갔다.

달의 유입들

달은 잘 열리지 않는다
그게 그의 속성이다
'속성'이라는 낱말을 핀셋으로 집어낸다
'달'이 따라 올라온다

낱말의 사닥다리
우리는 그걸 타고 오르지

모든 결속에는 깨는 구석이 있고
킥킥 웃어 대는 유리창 실금처럼
먼 우주의 광원, 우리들은 퍼져 나간다

허공에는 원터치 통조림 캔이 빛나고
엄마는 자장가 끝에 바늘을 얹어 주신다
열리지 않는 달의 노래
말 안 듣는 아이는
수염 난 망태기 아저씨가 업어 간단다

망태기 통로는

달의 이맛돌로 이어지는데, 엄마
우리 망태기 아저씨는 날마다 면도를 해요
나무뿌리에 두 눈을 앗기고 실성한 울 엄마
달로 가는 길이 희미해지기는 했어도
여닫는 문門이 있을 턱이 없잖아

지상의 엄마들은 빈
요람을 흔들며 노래를 한다
원터치 이마를 벌컥벌컥 열어젖히는 꿈
가장자리 끝
희미하게 입술을 뭉그러뜨리면서

밤의 아이들

밤은 자꾸 어두워지려고 한다

태양의 검은 동공
희번득
안구 뒤쪽으로 굴러갔다 되돌아오고
아랫눈썹이
바르르 떨리는 찰나

흔들리는 그네에 놓인
수정 구슬을 박은 무릎들
어려서 여린 것들

밤의
화장법을 익혔는가
하나둘 사라지네
흑마술처럼

심장은
밤의 펌프질을 시작하고

후두둑
후두둑
물들이 어둠 쪽으로 이동하는 때

졸다 깬
운전자의 눈에는
차창에 흐르는
아이들의
뭉개진 검은 이마

음유 시인

상판이 부서지고 뚜껑이 달아나고
반쯤
넋 나간 피아노였다. 바람이 거세게 밟고 지나가면
어깃장 치듯
둥 —
반음 낮은 소리를 뱉어 놓곤 했다.

모그y의 톱날 같은 날

그녀가 읽기, 쓰기, 고함치기, 토하기를 배운 곳은 어디인가?
……알제리, 식민지 조국……
— 엘렌 식수, 그러나 뒤죽박죽

카메라맨은 주말마다 옵니다.
아이들에게, 세계에서 가장 위대한 것이 뭐니?
이 담에 뭐가 되고 싶니? 하고 렌즈를 들이대면
봄비 촉촉한 새순마냥 입술을 한번 핥고는
삐악삐악 병아리인 척 귀엽게 외쳐 대죠.
맘마 주는 엄마 기계요 — 빙수 기계 — 킹콩 기계 — 방귀대장 뿡뿡 아빠 기계요 —
— 이그 저 멍청한……, 멀찍이 서서 손톱 때를 후벼 파던 모그y가 중얼거렸다.
제발 이 모그y님은 저 무리에서 제외시켜 주시길……

아이들은 어제 거대한 빙수 기계를 보았다.
이 도시의 보육법은 무차별한 보급을 전제로 한다고
휴지 사정이 나빴을 때 제공된 낡은 신문 쪼가리가 알려 주었다.
— 이 모그y님이 글자와 대화를 나누는 사이라는 걸 비밀로 해 주신다면
골백번 또 백골난망이겠사옵니다.(맞기는 한 말일까,

젠장, 이곳에서는 아무도 글 같은 건 가르치지 않는다.)

싸락싸락 얼음 가는 기계가 회전을 시작하면
비스듬히 눈, 내리겠죠.
— 모그y의 두 눈은 거대한 빙산 뒤편에 자빠져 있는 쥐 떼를 발견하고 말았다.

하얀 눈을 밟으며 아이들이 공놀이를 시작했습니다.
모그y의 얼굴을 들어 파울 선 밖으로 뻥 차 냅니다.
쥐를 보면 쥐가 되는 모그y는
죽은 듯 사지가 뻣뻣해져 있었으니까 반항도 없었겠죠.
주우러 가는 아이 하나 없었고요.
생기 있게 뛰노는 모습을 보여 주는 데
이보다 좋은 영상이 또 있을까,
카메라는 기고만장 희희낙락하는 아이들을 부지런히 담았습니다.

오늘의 기계는 태양 이유식을 주는 엄마였답니다.
아세요, 여기 모인 애들은

엄마를 단 한 번도 구경하지 못한 애가 태반인걸.
거대한 엄마 기계가 날아와
토마토 진액 같은 것을 흘려주면
아이들은 일렬로 서서 받아먹습니다.
익숙한 풍경이죠.

이 모그y님으로 말할 것 같으면……
손톱 새를 만지작거려도
때 투시 레이더 같은 눈이 없다는 게 유감이라면 유감
얼굴을 통째로 날려 준 애들이 외려 고맙죠.
저 틈에 끼어서 입을 벌리고 있어야 한다니……
구식이 창연했던 우리 할머니라면
아서라! 한마디로 종쳤을걸요.

친절한 엄마 기계는 잔소리 대신 굉음을 몰고 온답니다.

이 모그y님이 머리 수색에 나선 건 엄마 기계가 상공에서 사라지고
한 식경이었습니다.

(이 녀석이 식경의 뜻은 알고 떠드는 걸까.)

이 도시에서 머리는 강력한 품위 유지 도구죠.

이놈이 없다면 항문에 튜브를 넣어 영양을 공급받아야 할 테니까요.

쓰레기 집하장을 굴러다니던 머리는 하얗게 질려
모그y를 보자마자 더듬, 더듬거렸죠.
어, 엄마 기계, 오늘, 간 거, 알아? 머, 뭔지,
나 참, 이 모그y님이 조각보 만들기 기능 보유잡니까?
그 말을 다 어떻게 짜 맞추라고……
어깨를 으쓱하는데
뭉개져 곤죽이 된 붉은 액즙 속에
작은 턱뼈, 이빨, 긴 꼬리들이 형체를 간신히 유지하고 있습니다.

머리는 무언가 게워 내면서
'죽은 쥐', '죽은 쥐' 떠들어 댑니다.
머리 없는 모그y님은 놀라지 않았어요.
이 도시에서 불가능한 게 뭐가 있겠어요.

모그y의 머리가 흔들리더니
그 아래 썩은 배춧잎이 날아가고
더럽게 살찐 보육원 아이들을 닮은 쥐 한 마리가
빳빳한 꼬리를 휘두르며 반대편 쓰레기 더미로 달려갑니다.

엄마 기계가 사라진 상공 쪽으로 몸을 돌리던 모그y는
희끗희끗한 털이 섞인 것도 같았지?
없는 머리를 끄덕거리고 있었죠.

모그y의 시계태엽 장치

유모차를 끌던
만삭의 여자가 계단을 구른다.

배를 먼저 움켜쥘까
유모차에게 달려갈까,

밤새
얼굴 없는 친구에게 편지를 썼어,

세일러복 입은 소녀가
인형을
거꾸로 들고 걸어갑니다.

인형의 눈이 닫혔다가
열리고 다시 닫히기를 반복하고,
발뒤꿈치에서
이상한 음들이 흘러나옵니다.

시곗바늘이 또박

또박또박
뒤로 걸음을 떼어 놓습니다.

뒷걸음질 치던 아주머니들이 짝
짝 손바닥을
마주치며 앞으로 걸어갑니다.

소녀가 편지를 끝내지 않은 새벽입니다.

만삭의 여자는
아직 유모차를 밀지 않습니다.

모그y의 절친 노드

— 故 조승희 군

우리는 단수다
아니,
복수다
이것은 모순도
동어반복도 아니다

눈 덮인 화산을 보았는가?
네 이마는 냉철하고
혈관엔 이상한 용암이 꿈틀댄다
너무 뜨거워 흐느끼고
나를 훔쳐보듯
쓰레기 더미를 뒤진다

전등용 전선
금속 파이프
재생 나사*
너는 심장과 머리를 급히 연결한다
째깍째깍
삶으로 기운 시간이 흐르고

죽음도 흐른다
째깍째깍
너는 사화산이 아니며
장전을 마쳤고,

총구는 신을 겨누었다.
내가 아니었다.

* 유나바머(UNABOMBER)가 폭탄 제조 시 사용한 물건들.

고해 게임

— 모그y, 그 여름의 은둔

오팔 태양이 오후의 팔을 늘어뜨린다.
오늘의 단수 예고가
예언서처럼 울려 퍼지고,

망령 든
광야의 외침이여

입술이 반쯤 터진 쓰레기
비닐에서 날것들이 자꾸 날아오른다.
기억은 뒤죽박죽 섞인 트림처럼 무색이고
어젯밤 끼적거린 너의 낙서가
천만 년 전 고분에서 출토된다.
번개가 하늘을 지그재그로 찢어 놓는다.
나는 깍짓손을 슬그머니 내린다.

거울이 바짝 마른 얼굴을 들이댄다.
너는 그곳에서 상한 생선 냄새를 맡는다.

구름의 탄생

배가 부를수록 몸이 가벼워졌다 자꾸만 천장에 붙으려고 한다 아버지는 화분의 흙 속에 머리칼을 꾹꾹 눌러 담으셨다 머리카락이 흙 알갱이를 단단히 거머쥐고 팔다리는 제멋대로 솟아올랐다 머리털이 자라고 자라 발바닥이 천장에 닿았을 때 두 다리에 힘을 주었다 탯줄은 자를 필요가 없었다

무그y의 문방을 시긴

시를 쓰려고 귀가했어
두근거렸어 참으로
긍정적인 오후 키보드는
뜨거워지고
넘쳐 끓기 직전
냄비
같은 집이면서
방이면서
한가득 책상인
따스한 잠
이리로 걸어오네

동그란 수면제
한 알

턱 끝으로 슬로비디오
침이 떨어지네
〈………를 그냥 시라고 하면 안 되나〉*는
시적 언술의 하나이고

침방울은 시적으로 끈적이고
내 시처럼 아름답지는 않다마는
언어의 중심은 아래쪽이야
항상 바닥을 그리워하지

수면제 한 알
그리고 반

〈내가 낳은 물방울,
자매들〉이라고
쓰고 난 뒤
침묵을 알게 될 것이다

수면제 두 알
엄마 당신 딸은 밀렵꾼이 될 거야
잠이라는 짐승을 포획할 거야
사냥개들은 험해
당신의 가축이 위험해
목덜미를 물어뜯길 거야

수면제 두 알
반

밥을 먹던 후배가
불쑥 손목을 내밀었어
동강 난 자국이 여섯 개
잭나이프처럼 곤두서는 머리카락
엄마 당신의 아들이 위험해
수도관처럼 파열될 거야 손목이
새어 나오는 방울방울 붉은
침인지
눈인지
비누 거품인지—

동그란 세 알
어제는 혼례식을 올렸어
물방울 다이아
신랑이 아름다웠지
조각조각 커팅된 눈빛으로 신부를 돌아봤어

엄마 당신 딸은 그와 있지 못해
빛들의 차가운 거부
컹컹
물어뜯듯이 짖고 있잖아

세 알
반
원추형
물방울이 온몸을 들어 올리네
가장 깊은 바닥에
나는
아주 조용한 얼굴을 파묻고
엄마,

빙긋 웃지
나는 항상 착…

* 오규원, 「버스 정거장에서」.

우울한 베란다
— 모그y의 설계음악

두 번째
세계의 모든 두 번째
눈이 내린다

당신이 펼친 설계도에 베란다는 없고
식물처럼 자라나는 베란다
추방당한 정원의 눈같이
서서
보았지

잠옷 입은 아이들이
창틀에서 베란다로
베란다에서 소파의 용수철로 뛰어오르고
눈발은 건물 편으로 돌아선다

우리도 게임을 시작할 거야
두 번째 세계의
모든 막장을 어루만지는
빛

쉰여섯의 마틸다 고모가 조카에게 연정을 품고
일곱 살 베이브가 영화같이 안아 줘요
속삭일 때

사랑이라 착각하면 지는
발렌타인 연인의 러브 어페어

게임의 완성은 룰의 환상이겠지만
승패를 나누기 직전
신호등 앞에 선
설계 회의는 자꾸 우스워지려 한다

눈발이 사랑하는 베란다
당신의 베란다
발코니가 언급 안 될 순 없겠지
그이와 내가 결정적으로 다른 게 뭐죠?
격한 고뇌가 임신臨身하는

두 번째

세계의 모든 두 번째
미래를 닫는 음표를 달고
눈이 내린다

하얀 보자기처럼
악보처럼
베란다(1943~1998)의 생애를 덮으며

백주의 질주

하나 둘 셋 아이들이
구멍으로 눈동자를 밀어 넣는다.

혓바닥을 넣고
그는
쪽쪽 빨기 시작했다.

바람이 불고
검은자위가 지워진
아이들이
휘청거리며 길을 묻는다.

고소하듯 사람들이
검은 태양을 가리켰다.

각목을 휘두르며 아이들이
하나 둘 셋 자신의
생식기에서 튀어나온다.

태양의 두개를 향해

각목은 힘껏 달렸다.

혼비백산
새 떼들

검정 승용차가
구분鳩糞으로 하얘진다.

내가 그라면,
모그y는 생각했다.

가정법은 안전기가 망가진 전구
같은 것이지만
스위치를 올렸다
내리는 일을 반복하는 것이 인간이다.

밤이 오면
야청빛 눈을 가진 밤이 오면
도둑 같은 유리창에
그림자

그는
콘크리트를 휘저어
뻗은 손가락으로 결박을 풀어 줄까

태양을 멈추고
나는
풍차를 향해 돌진할 수 있을까

부리가
수식이 가닿지 않는
빛으로 검어진다.

콘크리트, 벽이 막아선다.
거기 붙들린 액자가
나라면?

세상은 도처가 구멍이다.
물 샐 틈 없이
비가 바닥에 꽂힌다.

모그y, 매달린 손가락

의자들이 날아다니고 있다 군청색 하늘을 바탕으로 원을 그리는 목재의 소행성들 팔을 내밀었다 손가락이 닿자 톱밥으로 흩어져 버린다 저들을 따라가고 싶다 깨금발을 돋우자 의자 하나가 거친 숨을 몰아쉬며 노려본다 이쪽으로 돌진해 온다 문을 닫았다 나는 좁디좁은 장롱 안이다

지금 몇 시니? 벽 틈으로 째깍째깍 비가 내리고 있다 은회색 긴 마디 짧은 마디 중간 마디 하염없구나 어디를 가는 거니? 말이 뭉치지 않고 사구砂丘처럼 타들어 가는 입술 동그랗게 손바닥을 말아 밖으로 내밀었다 입가에 가져오니 뒤집힌 손등이다 뒤집어 본다 다시 손등이다 또다시 손등 손등 손등 그 위로 쏟아지는 시곗바늘들 바닥은 어디로 간 걸까 피가 맺혀 있다

어느 날 주먹이 솟구쳐 올랐다 더듬이처럼 펼쳐지는 날선 손가락들 온몸을 말아 보지만 소용없는 짓 발목이 잡혔다 싹둑싹둑 절단면을 위로 한 무릎이 떠다닌다 토막 난 복부에서 김이 솟아오른다 다음은 어깨일까 의자 하나가 빛처럼 떠오른다 매달렸다 감각이 없다 붙잡은 손가락이 이

제 나의 전부다 바닥의 바닥이 내려앉고 해일이 일고 쏴아아 머리카락은 소용돌이치며 흘러간다 속삭이는 입술은 영영 사라졌는가

장롱의 울음 기관을 쓰다듬는 아이가 있다 흠뻑 젖은 장롱은 여성명사가 아닐까요 凹凸을 타고 물줄기가 흘러내린다 수면이 차오른다 눈물로 된 베개와 쿠션을 그려 본다 부풀어 오른다 나는 떠다니고 있다 울음의 형해形骸로도 웃을 수 있을까 사라진 손금을 들여다보았다 째깍째깍 사방이 환해진다

비인칭 독서

읽어라. 무엇을?
멀리 닭 한 마리, 형체 없는 새벽을 운다.

읽어라. 누구를? 먼동이 트는구나.
텅 빈 페이지 한 장 바람도 없이 일어서고 있다.

읽으오.
읽는 자에게 복이 있나니,
청각장애인이 하도 떠드는 통에 잠을 이룰 수가 없구나.
암사역에 하차하면
점자도서관에 가까워지니?

분쇄된 활자를 백지 위에 쏟아 놓습니다. 흑색의 마취 혹은 각성의 가루들. 외눈박이처럼 한쪽 콧구멍을 막으면 더 황홀해질까요. 10분 뒤 당신은 죽은 새가 놓인 두 갈래 자갈길에 서 있게 된다. 흙을 주세요, 가엾은 새들. 어느 방향을 택해도 황무지, 황무지, 황무지가 펼쳐질 터.

이름 감춘 자의 머릿속을 저벅저벅 걸을 수 있다. 소리는 멋대로 커지고 또 작아진다. 작가는 아무것도 돼서는 안 돼. 그녀의 이야기에는 언제나 이름을 바꾼 자가 등장하지요. 그들은 글을 쓰고 있습니다. 아무것도 되지 않기 위해 아무거나 돼 버리기 위해 당신의 맷돌은 싸르락싸르락 바람 위에 한 톨의 모래를 얹고 있습니까.

모래의 시간

모레의 아침. 눈을 떠라.

고장 난 초인종이 라 음을 길게 끌고

모자를 눈 밑까지 눌러쓴 사내가

챙을 올렸다 흘끔 내리며 젖은 상자를 내민다. 모든 게 모래의 일일 뿐.

새가 좋아요. 그게 되겠어요.

갑자기 싸구려가 된 새 물건, 그런 게 있잖아요.

그대에게 난 새 같은 전갈을 물릴 수 있을까,

(뾰족한 입술을 내밀며 그대가 말한다) 그건 재갈이겠지.

새 아빠는 어쩔 줄 몰라 하며 상자의 물기를 건성건성 훔쳐 줬어요. 그건 내가 막 새로 감아놓은 머리털인데. 그는 흠칫 놀라 걸레의 새로 묻은 물기를 털고 제자리에 두었어요. 그것은 항문에서 막 빠져나온 갈고리촌충이었다가, 다시 전선으로 부풀어 올라 새로운 빛을 전송하기 시작하는데요, 새언니, 이걸 전화 코드에 연결하다니,

아가씨, 제발, 주소 이전을 아직도 안 하셨나요. 초인종

소리가 시끄러워 잘 수가 없어요. 내일은 아가씨 제삿날인데 발모가지 가는 새마냥 하루 종일 어딜 또 쏘다녔을까.

새가 좋아요. 그게 되겠어요.
갑자기 싸구려가 된 새 물건,
그대에게 난 새 같은 전갈을 날릴 수 있을까,

튀어나온 주둥이엔 재갈을,
독을 품은 전갈들이 스윽 집게를 어루만집니다.
전서구傳書鳩는 시곗바늘을 뒤로 돌리며 날고 또 날았죠.

모래는 이미 파도에 쓸려 간 지 오래
이 모든 사건도 쓸려 간 지 오래

그걸 모르는 그대는 누구시죠.
갯내가 뚝뚝 떨어지는 다시마 줄거리를 들고 아직도
고장 난 초인종을 누르고 있는,

크리스마스 마켓

취기를 따라
비틀거린다 옷 벗은
알코올의 혀가 전신을 핥고 지나갔다.
적조는 쉽게 떠나지 않아요 오늘 우린
태양—유령—이라
불러 주기

이 도시에서
4시의 작명가처럼 시시한 게 또 있을까,
달의 둥근 숟가락도 희미해지는데
길을 것이 우리에겐
남아 있지 않다는 얘기지

724와 293의 무릎이 휘청거렸다.
　　— 어쩐지 우리는 통로 같지 않아?
　　— 절멸로 가는 자연사 박물관이지

희미하게 올라가는 달의 입꼬리 새
덧니가 반짝 보였다

사라지려는
찰나,

사랑해
우리는 유령처럼 입을 맞췄다.
보이는 것이 다 붉었다.
입술이었다.

수요일이 날짜변경선

조리 기구 닦던 손이 심장으로 다가간다

없다, 뻥 뚫린

구멍을 통과한 손이 휘어지고
반신半身을 휘돌아
반쯤 젖은 행주를 거머쥐는데

꽁무니에 실을 매달고
여기에서 저기로
이동하는 거미
천장에는 별 모양의 물방울

얼어붙은 머리칼을 휘날리며
어제의 태양을 꺼낸다
냉동고의 역한 냄새가 함께 흐른다

칼을 쥔다
냉동선에는 방부제가 없다

어제의 심장이 방출한 피가
붉은 시계의 모래알처럼 흩어지면
울어도 될까, 호라치의 사람들이여*

밤이야,
태양은 졌어
손을 갖다 대도

뻥 뚫린,
오늘은 종일 밤이지

저 멀리 흘러가는
한 척의 냉동선을 봐

* 브레히트, 「호라치 사람들과 쿠리아치 사람들」.

웨하ㅅ 숲이 어앙

— 구(舊) 요술왕 아아

숲은 어둡죠 당신의 팔을
식도에 밀어 넣었어요
답답한 스피커
아아, 같이 어디에도 없는 이름들이
경련하는 주먹처럼 날아오고

끝끝내 친해지지 않는
인칭 같은 게 있잖아요
ㄴㅓ의 씨방과
ㄴㅏ의 꼭지로 이어지는 기하학

上脣과 下脣처럼 두 날개 부비는
낯선 나방들의 밤인데
제목은 '입술들'이라 붙일까요

아아여 어두운 살은 저물고,
으으르르 이를 앙다무세요
제 말은 불꽃이거든요 구역질하는
굴뚝의 잇새에는 가루가 된

인간의 다리가 버둥버둥
부풀어 오르고

유일한 땔감인
혀와
어디에도 없는 웨하스로
녹는 당신,

[fʀáʒil]

국제 기숙사 7층 난간
한 남자가 서 있었어
만취였지
그리고 쿵 —
철퍼덕

인간의 몸이란 얼마나 fragile한 건지
파리에서 언니는
쁘ㅎ아-질이라 발음했다
그렇게 들렸었다

나는 그가 알몸이기를 바라
취급주의
딱지가 붙은 상자처럼

그 후
내게 붙은 fragile은
보이지 않고
이제 나는

고무고무에 가까운 존재가 된다

희뿌연 덩어리가
우물쭈물
상한 공기를 헐떡이며
전속력을 다해 늘어나고 있다
보이는가 그대

검푸른 숨결
유리의 입술을 기억하는 안개
뻐ㅎ아-질
그대라는 이름의

속삭임을 모두 내려놓은
잎사귀처럼
상한 공기에서만 자라나는
어떤 fragile
입김

움직임 혹은 공원의 쇼핑가드 B

1

식기장이 열려 있다
새벽 세 시 오십칠 분의 공원

목이 긴 유리잔처럼
새벽 네 시의 쇼핑카트가 굴러온다

사람들이 상자를 끌어내린다
대형 할인 마트의
로고
선명하다

비 내린다
하나 둘
두 눈이 지워진다
식기장을 닫는다

블라인드 내려오는
소리

2

텅 빈 공원을 걷는다
젖은 거미줄
새벽의 올가미

비 내린다 꿈이다
식기장은 열려 있다
역시 꿈이다
자동차 트렁크를 열고
검은 옷의 사람들
상자를 내리고 있다
그들의 관이다

쇼핑카트는 멀리
밀어 버린다 저 멀리,
망자의 배

쉽게 흘러가지 않는다

밀어도 밀어도
돌아오는
이것이
문득 항구라는 사실을
두 손바닥이 깨닫는 순간,

사람들 하나 둘
무릎을 구부려
쇼핑카트 안으로 들어간다
팔을 버둥거린다

3

시실의 캐비닛을 가르고
오늘도 삶은 계속된다고,

째깍째깍
새벽 식기장의 투명한 공명

암 병동 B에 정렬된 휠체어가 하나 둘

움직이기 시작한다
두 다리,
두 발,
공원의 쇼핑카트 B,

물수제비처럼 갓 태어난 울음
하나 둘
빗속으로 던져지고 있었다

밥을 먹다가 임마를 보았다

이것은 바나나의 책이다
푸른 꼭지를 중심으로 펼쳐지는
페이지
페이지
페이지
바람이 넘길 수 없는

찢어 낸다 한 장
하얀 잇자국을 만들려고 또 한 장
중심은 그래도 심이라고
노란 껍질 한 가닥 부여잡고
놓질 않는다 퍼렇게
힘쓰고 있다

이건 도서관에서 온 책
갈피마다 누군가
머리카락을 끼워 놓았다

썩어 가는 이처럼

까아만 책

당신의 독자는 민머리 癌환자
비키니 섬의 피폭자다
아침마다 머리털을 뭉숭뭉숭 뽑고 있다
아침밥상의 가족이 먹은 걸 모조리 게워 내도
아랑곳하지 않는다

네 하루는
견고한 중심이 비끄러매고 있다
아무도 그걸
함부로 까먹을 순
없다는 것

Image reverse

— 미란(靡爛)

눈자위 붉은 밤이 왔다 어디에도
도달하지 못한 너
팔랑팔랑 공기의 페이지는 경쾌하다
계란 프라이처럼 어제를 뒤집는
달의 손놀림, 프로다운

약물도 없이 취한 사내들이 두 눈을 비비며 걸어 다니고
화단의 철책을 등진 그림자는 방뇨 중
오줌결에조차 섞여 들지 못한
소금뿌리, 응응응

너라는 이름의
비약의 문장은 읽을 수가 없어
단어와 단어 사이에서만 불어온다는 바람은
문고리에 휴업의 팻말을 걸어 놓았다

공사장의 비닐천이 펄럭이고
사나운 물집이 부풀어 오릅니다.
범선의 마스트가 수평선을 찢을 때마다

도달 이후를 물을 수가 없었습니다.

.

.

.

.

.

.

.

.

.

.

.

.

도달 직후

도달은 퇴각할 것이다 그들이 사라진

전선을 향해 모여드는 밤의, 존재의, 꺼질 줄 모르는

쥐새끼

너라는 이름의

Image reverse
— 尸液

시체 보관소 서랍이 스르르 열린다.
너는 누웠고
나는 섰다.

너는 허공에 이마를 내준다.
허공의 손이 그것을 감싼다.
죽음의 온도다.

산달의 간호사가 너를 염했지
서툴렀어

너는 그녀 뱃속에서
두 팔을 버둥거리며 울었지
응앙응앙 필사적으로

하얗게 질린 방울들이 이마를 타고 내린다.

방울이 깨우는 세계는 놀라워
너는 부스스 일어난다.

누워 있는 임부의 이마는 차다.

尸液으로 세계는 이만큼 빛어졌고
지저분한 만큼 얼룩덜룩 빛이 나는 우리는
멍청해서 사랑받는다는 느낌

시체 보관소 서랍이 스르르 닫히고
갈고리,
방죽이 터진다.
세상의 모든 구멍이 검은 물을 콸콸 토해 낸다.

빚는다는 말부터가 둥둥 떠내려갈 때
해방된 곤죽이지 우리는
흘러내리고 있어 흘러내린다는 말이 침처럼 흘러내리며
너덜대는 입술을 툭 건드리네 바닥으로 아아아
좋아라 지느러미 물컹거리는 잇몸들

Image reverse

— 가족 시네마

잠들기 직전
삼면경을 뚫고 나온 사람의 눈을 보았는가
그 바깥은 화염이다

눈가에 하염없이 번지는 마스카라
타닥타닥 그들이 적시는 건
구름의 지붕
구름 위의 구름
그 구름 위의 또 구름

빗물이 검다
지나가는 불을 그으라며
아버지가 타오르는 화분을 내미신다
엄마의 발목이 심겨져 있다 사지를
뒤틀 때마다 불길이 솟구친다

앵거앵거 앵거
사이렌

다가오지 말아요
이 볼에 웅덩이 불을 지피는 건 또 누구,

엄마의 환생인가
화염에 휩싸인 소년의 하얀 이가
타닥타닥 웃고 있다

아버지
당신은 시나고그가 될 수 없어요
불꽃의 그림자로 춤을 추는
일렁이는 흰 벽

수로안내인
— 첫 번째

물들은 엉큼하다
공격에 주의하시라는
말씀

알고 있어요
세상 수로의 모든 물들은 밤새
붇고 넘치고 졸고 밀려오고 밀려나고

쪼글쪼글해진 발등의 집은
잠든 그이를 싣고 움찔움찔 물러나는 중
잠 속에서나마 잠시 등 맞대는 순간
없는 것이겠죠?

그 시간들을 기억하신다면
이젠 손을 놓아 주실래요

떠나고 있거든요 저는
트렁크 대신
제 몸을 철사로 동여매고

그 어떤 노래가 머리채를 잡아채도
들리지 않아요
촛농 대신
굳은 눈물로
봉인된 두 귀는

수로안내인
—두 번째

노란 浮氣를 혐오하는
쥐는
새까맣게
꼬리를 꼬리를
물고 늘어뜨리고 물고 드리우고
달로 달로 오르막을 재촉하죠
어금니를 뾰족뾰족 세우고
무엇을 보았을까요 그들은
네모난 상자
이 새벽의 퀴즈—

상자가 열리고 토네이도는 불어닥치고
너와집 지붕처럼 활자들이 차례차례
공중으로 솟구치는데
도대체 내게 남은 건 뭐죠?
오크나무 책장을 붙들고 광풍을 거스르는
똑딱똑딱
열 손가락 같은 초침들—

먼동처럼 꺾인
팔이 하얗게 저려 오는데,
뱃길을 젓던 안내인은 어디로 갔을까
꿈의 벌통은 아직도 잉잉 소란스러운데

이 상자도 열어 볼까요?
이럴 수가 —
아아, 새빨간 거짓말 같은 태양
같은 아침 같은
곤돌라 안내인
저 혼자
낮으로 낮으로 달아나고 있어요

밤의 분명한 사실들*

염해 줘
제발
잠의 붕대로
하얗게 이 밤

시즙을 핥을 궁리로
바스락바스락
거즈들이
입맛을 다신다.

모기장은
수의처럼 펄럭이는데

영원의 무표정을 얻은 너는
거꾸로 선 은빛 갈고리

삶에 입양된 자에게
부모를 묻는다. 탕탕탕
상속권 포기

생의 기각

이상한가요, 제가
방독면을 쓴 여자가 모래 끝에서
걸어 나온다.

나, 지금, 여기야,
묻지.마.아무것도.그냥.
모래의 심장을 껴안는 숨결처럼

까만 밤
사막
휙 지나갔다

분명히
라고 누군가는 또,

* 뒤라스, 『히로시마 내 사랑』.

사라짐 B

내게서 떠나는 나를 계측
하는 기계를 발명했습니다.

자넨 아직 멀었어,
막 출발하는 연기들, 비웃음

그건 발가락 문제입니다.
떠돌이 특허꾼이 외쳤다.

당신, 목까지 벌게졌어
갈라진 초생월初生月처럼
노란 발톱들이
딱딱 몸을 튕기고 있었다.

발가락은 열네 개에서 스물아홉 개
묵묵히 자라났다.
거리의 여자가 되고 싶습니다.

을지로 3가역 계단참에서

0.7cm 떠오른 남자를 본 적이 있다.
두 달하고도 열흘, 노숙의 밤은
분리된 자의 것이다.

코와 코가 맞닿는 높이
자신의 귀에 대고 외친다.
여보시오, 들리나? 나요,
이 말 들리오?

수박의 스너프 필름을 상상하는 구름
삼키기 쉬운 캡슐처럼
녹고 있습니다.

거리가 집으로 쳐들어오고 있습니다.
당신의 바닥 게이지는 몇입니까.

발가락이 다육多肉이란 걸
믿으실 때까지
귀환하지 않겠습니다.

중지와 검지 사이, 상아처럼
솟은 종이 송곳니
비웃음처럼
깔깔깔 머리를 푸는 허공입니다.

검은 고름 가득 찬 종기처럼

노려보고 있습니다. 저는
이 밤을

토마 사도使徒처럼
전신이 눈으로 부푼,
독을 품은
물고기일까요? 저것은

물고기는 힘이 셉니다.
쉽게 입 벌리지 않습니다.
턱주가리를 마구 당기고 있는데요, 지금
아가미라구요?

아아, 물고기는 사자랍니다.
네에, 샤워기라구요.
고래입니까? 물을 좀 뿜을까요?

입을 열게 만들겠습니다. 흐르렁
흐르렁 포효하는

사자 이빨을 단 바퀴가
손마디 뼈를 하나씩 분지르고 지나갑니다.

내부순환로
내부순환로 믿음의
순환도로를 내달리는
저 차들, 차들, 차들

아프지 않습니다.
손이 없어요, 저는 아무도
없습니다.

못 박히려 해도 십자가에 달릴
두 손이

목木도마 한가운데는
흥건한 피
웅덩이

펄떡펄떡 뛰는
저는 지금, 손이

파꽃 피었습니다.
피었습니다, 무궁화꽃이
피었습니다, 흐드러지게 벚꽃이

괴벌레들을 흐르렁
흐르렁 품은 저 나무들이
없다, 없다, 없다를 중얼거리며
잘린 혀를 주우려고
하얗게 팔 내리는
이 밤이

이렇게 또
저를

껌 씹는 여자

복권 긁는 대신 껌을 씹지
딱 딱 소리는 취미 없고 그래서 아무도 돌아보지 않지만
풍선을 분다 아주 크게
아주 높게

하얀 구체가 부풀다
애드벌룬처럼 커지면
거기 매달린 껌딱지 같겠지 나는
말똥을 이고 가는 말똥구리 같겠지

애인을 만나면
키스 대신
풍선을 맞대기
터질 때까지 비벼 보기
피시식
빵 ———
그리고 다가오는
입술의 감촉

푸하하하 풍선을 분다 아주 크게
아주 높게
말똥을 부풀리는 말똥구리처럼
꿈을 씹다가 혀를 깨무는
몽상가처럼

고양이가 자라는 소년

— 병승에게

사람이 안 볼 때
움직이고 춤을 추는 인형들이나
등짝에 글자 새기고 돌아앉아 있는
書冊界나 매한가지
불시에 일어나
뽑아 들면 흥청망청 섞여 놀다
낙오된 글자를 만나게 된다
뒤죽박죽
시집을 넘기는데
고양이(가) 자라는 소년이라니*

너만의 새로움
병승 괴물은 어디서부터 변신을 시작하나
눈에서 코, 입으로? 그건 재미적고
귀가 진행되다 손가락으로 전이
얼룩덜룩 얼기설기
그래 그렇겠지 노오란 안광을 흘리며
털북숭 네 무릎을 쭈욱 뻗는 너
내일이나 모레쯤

전화를 넣으면 야아옹
수염을 바르르 떨면서 수미냐옹?
핸드폰 액정을 발가락으로 꾹꾹 누르면서

다른 페이지를 훑는 사이
'가'를 밀치고 '와'가 돌아왔지만
멍청한 조사들
와나 가나
그게 그거지
역시 너는 멋진 녀석

길어진 그림자가 두 갈래로 갈라져
갈라진 손가락을 쳐들고
서로에게 반사를 보내고 있다
그래 그렇지
역시 너는 멋진 녀석

* 황병승, 「고양이와 자라는 소년」.

후, 후,

문이 열렸다 닫힌다 點滅. 나는
한밤이 밟고 간 과육
신생아의 초점 없는 동공
니 얼굴엔 거미가 사는구나
퉤 우편함에 침을 뱉고 가는 이웃들
깨진 보안 렌즈로 염탐 중이다
가래침으로 거미줄 렌즈를 닦을 수 있을까
탄식하는 그들은 쥐눈이콩
콩콩 뛰어오르는
빡빡 기고
후루룩 마실 수 있는 점멸
들입다
쥐고서 달려 보는 거죠 무엇을?
그야 전멸입지요
경광등이 울렸어 경관은
수갑을 꺼내고 나는
까만 날개를 퍼득이며 달려야 하네
으스러진 채
스포트라이트, 점멸, 까웅까웅

한밤이 달려간다
훅, 훅,

비켜서지 않는다

밤의 선인장

손가락에 불을 붙이고 우리는
웃는다. 공기가 아작아작 손가락을 먹어치우고,
손목을 비벼 끈 후
우리는 서로의 뺨에 불꽃을
곱게 펴 바른다.

붉은 사막이 귓속을 달리고
밤의 선인장들이
소리 소문 없이 꽃을 들었다
놓는다.

팔꿈치에 괸 물을 비우려
몸을 잠시 기울여야 했다.
붉은 볼을 켜고 우리는
뜬눈으로 사막을 걷고 있다.

사라진 손가락들이
사선으로 하늘을 죽 그으며
날아가기 시작한다.

속독가

생은 느리구나
광장처럼
멈춰 선 비둘기
희미해지는 중앙선 위로
오지 않는 버스

전광판 글자들이 달리네
스톱워치를 손바닥에 감춘 트레이너는
저녁의 트랙 그 언저리에 서 있다 어색하게 콜록대며
아무 때나 박수 치는 세계로 불시착한 지휘자처럼

아침은 쉬이 오지 않을 것이다
난독을 호소하는 왼발을 질질 끌 것이다

구멍이 맞지 않는 답답함의 외투처럼
그대들은
혹
읽을 수 없는 공기를 입었는지도

Image reverse
— 이상한 과일

사각의 저녁
떨어지는
해를 보고 있다
여자가
햇살 한 토막을 부러뜨려
제 눈을 찌르고는
안으로
쑥 들어간다

그 집 대문에서
오줌을 눈 적이 있다
수정 같은 어둠이 열렸다
터질 듯이 까맸었다

봄의 히라프*

이 봄
끔찍하게
서정적인 존재가 되어간다.

시란 무엇인가,
똥을 소재로
다음 주까지 시를 써 오세요.

학생들이 입을 모아 노래한다.
히라프 히라프 히라프

등을 돌리면
흑판과 나 사이
대기도 숨을 몰아쉬는가
"사랑해"라고,

너를 향하지 않은 그 말
한숨처럼 허공에 뿌려졌을 때

네가 있어 그 말은 외롭지 않았고
"나도"라고 말함으로써 너는,
이 세계를 완성시켰지
똥을 사랑하는
네발짐승의 간절한 눈빛으로

학생들이 소리 높여 외친다.
히라프 히라프 히라프

모든 물방울은
하나하나가
작은 물고기와 작은 뱀들로
가득 차 있다.**

그들을 해방시키리라.
무슨 수로?

신께 기도드려야지.

당신의 지휘봉을 빌려 주십사고,

시란 무엇입니까.
희구希求가 말이 되는 순간
침샘에서 방광까지
작은 물고기와 작은 뱀들의 꿈틀거림

물이기도 하고 대기이기도 한***
저 구름들은?

학생들이 악을 쓰듯 외친다.
히라프 히라프 히라프

몸을 돌리는 순간
주렁주렁 열매를 매단 다프네가 서 있다.
하나씩 떼어 그대에게 던진다.

사랑해,

똥이 간절한 눈빛으로

* hierab. '여기서부터'를 뜻하는 음악 용어.

** 러브조이, 『존재의 대연쇄』.

*** 보들레르의 한 에세이에서.

2부

옹호되지 않는

7月 최고의 빈 벤치

칠월의 카덴차는 몇 개인가. 방 곁에 방이 있다. 방 그리고 또 방. 이건 숫자의 문제일 뿐인가. 벽을 공유하는 방들이 있다. 놀랍다. 음악처럼 너나없다. 방이 열리기 전 그림자가 복도를 밀고 나온다. 가수의 두상을 쪼개고 음악이 흘러나온다. 아테나, 아버지 두개골을 갈랐던 여신처럼 그 무엇이 열리는 때, 칠월이 열린다. 7월의 기차, 7월의 갈매기, 7월의 그림자 검은 잎사귀 대신 칠월의 고양이가 열리고, 떠나지 못하는 네가 의문부호처럼 열려 있다. 이것은 七月科 나무에 관한 시이다. 7월과 무관한 나에 관한, 탄생에 관한,

[mæg|noʊliə]

구멍일 뿐이지 나는
당신들의
피리, 자유롭게 들락거려도 좋아
혈관에 새기고 싶은
흐르는 글자들이 생겼어요

붉은 피가 덕지덕지 엉겨 붙어
만년필을 그만
놓치고 말았습니다

올봄 저 목련은 만개를 모른다
수척한 뺨을 허공에 부비다 이내
촉대에서 굴러떨어진다

담요를 두르면
덜 아플지도 몰라
창틀에 서서
발끝으로 죽음의 너비를 재 본다

그들은 한없이 선량한 친구
눈웃음치고 있다

(합창) 우리가 죽어 봐서 아는데
(합창) 우리가 죽어 봐서 아는데

네 몸을 탈취하자마자
사각사각 안구를 돌려 깎는다 과일처럼
망막에 맺힌 시간들이 소용돌이치며
흩어질 때
손바닥만 한 쟁반 하나
주십시오, 부탁입니다
흐느낄 수나 있을까

지난봄부터
찌개는 상한 것도 멀쩡한 것도 아닌 상태로
냄비 안에서 숨을 쉬고
사람들은 조금씩 죽어 갔습니다

남산을 오르는 차창이
아무것도 보여 주지 않았을 때
복화술사들은
모르는 人形의 얼굴로
매달려 있었지요

영혼은 빛이 아니라
열이란다

4月의 눈송이들, 열에 들떠
띄엄띄엄 하늘을 휘젓고
나를 들이쉬어도 좋을 것 같은 숨결이
붉은 잉크처럼 대기에 스미는 것을
텅
빈 구멍으로도, 나는

랍비 레비나스

그의 이름에는 한없이 긴 낭하 끝 거울 같은 울림이 있지. 회당 첨탑 끝
종(僕)이 종을 울렸어. 뎅그렁
소리 날까?
종이가 종이를 울리면? 파르르르륵
은행의
계수기 소리

거의 시적 공명상자 같은 이름, 나는 고아이며 과부란다.
두 시간 전 혼례복이 10분 후면 검게 물들여진다.
서두르렴 곡소리와
뱃가죽을 찢고 나오는 앙상한 손가락
종이가 종이를 울리면,

Baby…… kill, baby!
이곳의 주인은 소리가 아니야.

응고되지 않는 뻰치

볶음 요리와
맥주를 먹었지,
나뭇잎처럼 얼굴이 팔랑거린다.
옆으로
위로
아래로
한 뼘씩 자란 것이다.

생산을 재촉하지 않는 밤이야, 아무도.
멋져/
새벽의 연장통이 쏟아진다.
음악/ 그래도/ 소음/
누군가는
음악/

가면을 두드린다.
철로 된
비틀어도 휘어지지 않는 얼굴
색을 바꾸지 않고

튀김과 흑맥주를 즐기게 될 거야.
가끔씩 끊기는
음악으로 입술을 훔치겠지.

불연속면이 늘어난다. 뒤쪽에
포진한 것들을 안다.
모른다/ 안다/
모른다.
거의

뒤통수가 프레임 밖으로
달아난다, 자꾸. 거피한
거리를 걷고 있어요.
무성해 무성해 '빈차' 표지등
우그러진 종이컵 폐업을 알리는 전단지
파헤친 보도블록 웅덩이
토마토 벗겨진
토마토 붉은
잇몸

그쪽으로 귀가 자랄 거야.
싯누런 이의 형상
재개발구역의 차폐막
처럼

관계사가 떠오르지 않는다.
연결어미는 모두
어디로 간 걸까.
음들이 순환하는 방식을
물어봐야지, 연장통
에게
끊어지는
비에게
구부러지는 피의 통증
따스함에게

신택스/ 신택스/ 그건
아마 음악/

거의, 소음,

아마도.

■ 작품 해설 ■

음독의 밤에 흐르는 코랄

김나영(문학평론가)

> 시작 없는 한 과거가 있어 밤마다 우리의 행위 안으로 귀환한다. 어떤 시간이 되면 오래된 동일한 파도를 수천 년이 다시 무너뜨린다. 지겨운, 미지근한, 짐승 같은, 경이로운, 검은 파도가 다시 일어나서 다시 무너지는데, 거기에 허기, 죽음, 잠, 꿈, 두려움, 욕망이 섞여든다. 그때 옛날이 말을 잃은 지 오래된 목소리로 아주 부드럽고 지극히 익숙하며 의미 없는 단조로운 선율들을 발음해서 말을 한다.
>
> — 파스칼 키냐르, 「밤(夜)」

하나의 문장을 읽으면 두 개의 문장이 들려온다. 문장 하나는 몸 바깥으로 나오는 소리이고, 다른 문장 하나는 몸 안으로 스며드는 소리이다. 이것은 비유적인 표현이 아니다. 진수미 시의 구절들이 그렇다. 문자화된 시구는 하나의 몸체를 갖지만, 그 몸을 호명하는 순간에 몸은 흩어지고 그 몸에서 서로 다른 소리들이 흘러나온다. 묵독이 아니라 음독을 위한 문장은 소리 내어 읽는 순간 자신에게 내장되어 있던 겹겹의 다른 이야기들을 들려준다. 마치 소리는 수면에 비친 하나의 얼굴이 여러 겹으로 나눠지듯, 하나의 문장을 "복수"의 이야기로 만든다.(「겹겹의 당신」)

---

* 파스칼 키냐르, 『옛날에 대하여』(문학과지성사, 2010), 88쪽.

어째서 그러한가. 김수미의 시는 쓰이는 동시에 읽히는, 읽히는 동시에 쓰이는 시이기 때문이다.

쓰이는 동시에 읽히는 시는 쓰는 자와 읽는 자를 구분하지 않을 때 가능하다. 다시 말해 시를 쓰는 자를 시인이라고, 시를 읽는 자를 독자라고 확정할 때 이 상황은 거의 불가능해 보인다. 독자가 시인의 옆에 그림자처럼 붙어서 시인의 손가락 끝에서 글자가 한 자씩 쓰일 때마다 따라서 바로 읽기는 꽤 어려운 일이자 불필요한 일일 것 같다. 그러니 저 수수께끼 같은 상황을 이해하기 위해서는 약간의 상상이 필요해진다. 먼저 행위자의 경우. 가령 쓰는 자와 읽는 자가 겹쳐 있는 존재라면. 이것은 글을 쓰면서 읽기도 하는 자를 떠올려서는 안 된다. 글을 쓰면서 눈앞에 쓰이는 글을 저 스스로 다시 읽는 일은 어쩔 수 없는 시차(時差)를 동반하기 때문이다. 그러니 우선, 이 행위자는 시인보다는 독자 쪽에 가까워 보인다. 한 편의 시가 발생하는 차원을 역으로 생각해 보자. 한 편의 시는 종이 위에 쓰인 다음 곧장 시로서 읽히기도 하지만, 반대로 누군가에 의해 읽힌 이후에 비로소 시라는 형식과 내용을 부여받는 것이기도 하다. 이 행위자는 그 누군가의 역할을 한다. 그러니까 쓰이는 동시에 읽히는 시는 독자의 활동인 읽기가 동시에 쓰기의 결과를 초래할 때 생겨난다. 다음으로 행위의 경우. 이처럼 쓰는 자와 읽는 자가 겹쳐지기 위해서는 쓰기와 읽기를 동일한 행위로 겹쳐 놓아야 한다. 쓰기를 읽기로, 읽기를 다시 쓰기로. 이것을 음유(吟遊)의 글쓰기라고 해 두자.

실상 모든 글쓰기에는 상상적 글쓰기의 메커니즘이 통용된다. 글이란 무릇 작가 이외의 누군가가 읽을지도 모른다는 '읽기-다시 쓰기'의 가능성을 갖고 태어나기 때문이다. 여기서 하나의 중요한 오해를 해소하고 넘어갈 필요가 있겠다. 그러니까 모든 종류의 글이 창조적인 읽기를 허용하는 것이 아니며, 모든 시가 음독(音讀)을 염두에 두고 쓰이지는 않는다는 것이다. 전자의 경우에는 문학적인 글을 제외한 대부분의 글이 포함되며, 후자의 경우에는 (좀 더 포괄적이고 엄밀한 분석이 요구되겠지만) 타이포그래피(Typography)의 기법을 활용하거나 그보다 더 적극적으로 그림이나 사진을 몸체로 삼는 시가 해당할 수 있겠다. 또 하나의 오해의 여지를 짚고 넘어가자. 잘 알려진 대로 데리다는 모든 글이 쓰이기 전에 이미 항상 읽힌다고 말한 바 있다. 그의 주장은 이 글에서 하고자 하는 이야기와 같지만 다르다. 쓰기와 읽기가 차례로 이뤄지는 행위가 아니라 쓰기 이전에 읽기가 있어서, 쓰는 행위에 이미 읽는 행위가 겹쳐져 있다는 그의 인식은 이 글의 방향에 부합한다. 하지만 그의 주장이 문자화된 글쓰기를 옹호하기 위한 것이라는 점에서는 이 글과 목적을 달리한다. 이 글은 쓰기와 읽기가 구별할 수 없는 행위라는 점을, 아니 놀랍게도 완전히 동시에 이뤄지는 작업일 수도 있다는 점을 진수미의 시를 통해서 들려주고자 한다.

진수미의 시는 대부분의 좋은 서정시의 문법(개인의 정서를 유려하고도 적확한 언어로 포착하여 전하는)을 따르면서도 흔히 서정시의 반대편에 있다고 할 만한 실험적인 시들의 문법을 보여 주기도 한다. 진수미의 시는 일인칭 화자의 섬세한 정서를 표출하지만 그러기 위해서 반드시 관습화된 서정시의 문법을 따르지 않는다는 말이다. 이를 서정의 감성과 반서정의 지성이 만난 격이라고 할 수 있을까. 그 지점에서 발생하는 진수미 시 특유의 문법은 개인의 정서로 한없이 침몰하는 것을 허락하되, 시간과 공간에 대한 지각을 무조건적으로 허용하지 않는다. 진수미의 시에 나타나는 개인의 정서는 한없이 길고 어두운 복도라면, 그 복도에서 들려오는 정체 모를 소리가 이야기를 만들고 그로써 시적 시공간을 확장한다.

그러한 특유의 문법을 통해 진수미의 시가 보여 주는 것은 음유로서의 시이자 시를 기록하는 음유시인이다. 기록하는 음유시인이라는 역설은 진수미가 보여 주는 음유시인으로서의 성향이 두 가지 차원의 음유시인의 성격을 모두 포괄하고 있다는 점에 의한다. 진수미의 시를 들려주는 첫 번째 음유시인(troubadour)은 12세기 초엽의 남프랑스에서 주로 활동했던 기사들이다. 이 중세 유럽의 기사들은 제후의 궁정을 찾아가 귀녀(貴女)들에게 사랑의 노래를 바쳤다. 그 노래는 대개가 보답받을 수 없는 여인에 대한 사랑의 탄원이었으며 영원한 봉사에의 맹세였다. 그 기사-시인의 시가 받을 수 있는 최고의 보답은 이마에 귀녀의 키스(콩솔라멘테)를 받는 것이었다. 그 한 번의 짧고 뜨거운 키스의 영예를 위해 기사-시인들은 수많은 밤을 노래하며 지새웠을 것이다. 진수미의 시를 들려주는 두 번째 음유시인(Minstrel)은 13세기에서 14세기에 걸쳐 등장했다. 이들은 각국을 순유하며 시를 읊었던 시인이자, 사람들에게 오락을 제공한 예능인이었다. 이 유랑자-시인은 하프나 작은 북 같은 악가를 연주하며 노래를 부르기도 했고, 연극을 공연하기도 했으며, 로맨스를 낭송하기도 했다. 또 이들은 한 고장에서 다른 고장으로 새로운 소식들을 전하는 일을 하기도 했다. 이들은 배우이자 음악가이며, 저널리스트인 동시에 유랑자-시인으로서 말 그대로 살아 있는 문자(活字)였던 것이다. 이후 15세기에 들어 구텐베르크에 의해 발명된 인쇄술의 보급에 따라 문자를 읽는 사람들이 증가하자 이 유랑자-시인은 서서히 사라졌다.

시인 진수미는 문자가 아닌 음성으로 시를 향유하고자 한다는 점에서뿐만 아니라, 차원을 달리하면서 쓰기가 읽기로 읽기가 쓰기로 전환되는, 시의 발생지로서의 시공간을 탐색하려 했다는 점에서 이중의 음유시인이라 할 만하다. 시를 읽는 그 자리에서 시가 쓰이고, 쓰이는 시가 곧 읽기로 기록되는 차원은 기존의 문자만으로는 감당하기 어려운 문제일 것이다. 문자는 공동의 묵독을 위한 쓰기의 재료

로서 발명됐기 때문이다. 음유시인 진수미는 분자가 발명되기 이전의 언어를 여기로 가지고 와서 기록해 보려 한다. 그것은 간신히 음성기호로밖에는 쓰이지 않지만, 그 기호야말로 음독을 위해 쓰인, 읽기와 쓰기가 동시에 발생하는 시적 울림이 될 것이다. 이제 진수미의 시를 함께, 써/읽어 보자.

1

올 들어 두 번째 수도가 얼어붙었다 꼭지를 열어 놓고, 열리지 않는 사물의 목록을 작성한다 저벅저벅 자판 위로 복도의 얼음을 깨우는 소리 — 쇠들은 부딪고 비벼진다, 마른 불꽃의 기척 — 끼이익 문 사라지고 탕 다시 나타나고 — 삐걱거리는 음들을 믿지 않는다 둔각의 음절은 이곳에 거주하지 않는다 수도꼭지가 쏟아 내는 사물의 각도만큼만 나는 볼 것이다 자판 대신 건반을 두들기고 있다 이것은 오르간이 아니다 손가락이 아니다 나는 바위처럼 솟은 치아를 해머로 내리치고 있다 순간 코와 입이 감각이 사고가 오지의 식물처럼 자라나고 뒤엉킨다 폭력暴力이 거대한 음악이 되는 순간 — 당신이라는 아가리 디딜수록 아래를 향하는 계단 현의 진동에 화상을 입고 뛰는 토끼 숨 쉴 때마다 물풀이 돋아나고 이끼가 미끄덩거려 번번이 미끄러져 내린다 거부拒否가 낯익은 춤이 되는 순간 — 나는 쏟아져 내리기 직전이다 입이 열리고 토사물이 흘러나온다 고장 난 식도가 게워 낸 것은 깨진 거울이다 신 냄새 나는 거울 속—내가 부순 건반을 끼워 맞추는 네가 보인다 이상하다 아무것도 하지 않았는데, 관이 녹아버렸다 영원히 시작되는 건 밤의 언어다

—「열리지 않는—관」

음유시인은 행복했을 것이다. 시를 읊는 일이 그의 천직이어서가 아니라, 그의 몸이 곧 시를 위해 존재하듯, "아무것도 하지 않았는데"도 저절로 그러하듯 그의 주위로 시의 세계가 펼쳐졌을 것이기 때문이다. 음유시인에게는 문자가 없었기 때문에, 그가 볼 수 있는 것은 언어로 명명된 세계가 아니라, 잠시만 방심해도 아무렇게나 흘러가 버려서 포획할 수 없는 감각들이 뒤섞인 세계였을 것이다. 가령 거울 속의 이미지를 볼 수 있었다면, 음유시인은 거울 면과 거울상이라는 표면과 깊이를 알기도 전에 체계나 규칙 없이 무작정 솟아오르는 낯선 느낌에 둘러싸여서 거의 분열된 주체로, 조각난 감각으로 그 낯선 세계를 향해 겨우 손가락을 뻗어 보았을지도 모른다.

과연 진수미의 시가 한 편의 세계로 구축되는 과정이나 방식이 그러하다. 위의 시를 예로 살펴보자. 먼저, 이야기가 있다. 수도관이 얼어서(막혀서) 수도꼭지를 열어 놨더니 수도가 다시 열렸다.(뚫렸다.) 다음에, 시가 있다. 시인은 은유의 목록을 작성하고("열리지 않는 사물의 목록을 작성한다")

발동하는 감각("복도의 얼음을 깨우는 소리", 복도의 쇠문이 열리고 닫히는 소리)을 감지하는 동시에 통제한다.("수도꼭지가 쏟아 내는 사물의 각도만큼만 나는 볼 것이다") 시인이 감지하는 것은 소리와 같은 감각의 산물이고, 통제하는 것은 각도와 같은 사고이다.

그러한 시작 방식은 주로 무엇을 정의하려는 지성이나 문자언어의 발동을 억누르는 일처럼 보인다.("나는 바위처럼 솟은 치아를 해머로 내려치고 있다") 이러한 작업은 감각과 사고가 이미 항상 혼재하기 때문에 필요한 일이 아니라, 오히려 그 반대다. 감각과 사고 중 어느 하나를 통제하기 위해서 한쪽에 압력을 가하는 "순간" 압력을 받은 쪽은 반대편으로 솟아난다. 시인은 이렇게 해서 솟은 "바위"와 같은 사물을 정반대의 "식물"로 자라나게 하여 그 순간 단단한 것과 무른 것이, 멈춰 있는 것과 움직이는 것이 뒤섞이기를 기대하는 것이다.

시적 순간이라 할 만한 그 뒤엉킴은 "폭력"과 "거부"라는 단어가 함의하는 강제와 성급함에 반하여 언어의 섣부른 절취를 감행하지 않겠다는 시인의 태도에 연관한다. 시인은 언어의 음절들을 "끼워 맞추"어서 "삐걱거리는 음들"을 연주하기보다는, 원래의 통로로 쏟아져 나오기를 기다린다. 감각과 사고의 뒤엉킴 속에 자신을 방치하는 시인의 태도는 일면 폭력과 거부의 주도권을 언어 쪽으로 넘겨주는 일이기도 하다. 시인의 몸이 하나의 현악기라면 스스로 감각과 사고의 현을 퉁겨 연주하지 않고, 현이 스스로 진동하도록 언어 세계의 중력에 제 몸을 내맡기는 일이 곧 시작(詩作)이라는 것이다.

저 시에 드러난 세 번의 순간(내려침, 음악, 춤)이 곧 음유의 원리를 내장하는 진수미 시의 관(慣)을 적절하게 은유한다. 시인은 한 편의 시를 위해 언어를 작동시키고 통제하는 본연의 방식을 잊은("고장 난 식도") 하나의 사물 같은 기관이 된다. 시인은 고정되지 않고 계속해서 무엇이 흘러나오게 하는 고장 난 수도꼭지처럼 어둡고 미끄러운 내부를 통해 시를 쓴다. 이런 방식으로 진수미의 시는 음유시의 원리를 내장하게 된다.

2

구멍일 뿐이지 나는
당신들의
피리, 자유롭게 들락거려도 좋아
혈관에 새기고 싶은
흐르는 글자들이 생겼어요

붉은 피가 덕지덕지 엉겨 붙어
만년필을 그만

놓치고 말았습니다

올봄 저 목련은 만개를 모른다
수척한 빰을 허공에 부비다 이내
촉대에서 굴러떨어진다

담요를 두르면
덜 아플지도 몰라
창틀에 서서
발끝으로 죽음의 너비를 재 본다

그들은 한없이 선량한 친구
눈웃음치고 있다

(합창) 우리가 죽어 봐서 아는데
(합창) 우리가 죽어 봐서 아는데

네 몸을 탈취하자마자
사각사각 안구를 돌려 깎는다 과일처럼
망막에 맺힌 시간들이 소용돌이치며
흩어질 때
손바닥만 한 쟁반 하나
주십시오, 부탁입니다

흐느낄 수나 있을까

지난봄부터
찌개는 상한 것도 멀쩡한 것도 아닌 상태로
냄비 안에서 숨을 쉬고
사람들은 조금씩 죽어 갔습니다

남산을 오르는 차창이
아무것도 보여 주지 않았을 때
복화술사들은
모르는 人形의 얼굴로
매달려 있었지요

영혼은 빛이 아니라
열이란다

4月의 눈송이들, 열에 들떠
띄엄띄엄 하늘을 휘젓고
나를 들이쉬어도 좋을 것 같은 숨결이
붉은 잉크처럼 대기에 스미는 것을
텅
빈 구멍으로도, 나는

— [mæg|noʊliə]

시인은 음유시의 발생 원리를 내장한 시는 읽기 역시 눈이 아닌 입에서 행해져야 한다는 애초의 방식을 은근히 주지시킨다. 이 시도 그러하거니와 「[ilúːʒənist]」, 「[fʀáʒil]」처럼, 표제에서부터 발음기호를 내세워 눈을 당혹스럽게 하는 시편들이 시집의 곳곳에 배치되어 있다. 이러한 시들은 첫 구절을 읽기 전에 혹은 마지막 구절을 읽고 나서 다시 돌아와 제목을 한 번쯤 소리 내어 읽어 보게도 한다. magnolia라는 영단어를 [mæg|noʊliə]라고 적은 이유에는 여러 가지가 있을 것이고, 아마도 시인은 이 점 역시 노렸을 것이다. 즉 문자로 기록된 시의 제목을 발음기호로 전치함으로써 표제가 갖는 의미의 스펙트럼이 넓게 펼쳐질 것이고, 그에 따라 시의 내용 또한 다종다양한 갈래로 펼쳐진 장으로서 이해될 수도 있을 것이니 말이다. 하물며 발음기호로 적힌 시제는 목련을 사진이나 사전에서 보고 상상하게 되는 박제된 이미지에서 끄집어내어, 향기를 풍기고 빛깔을 내뿜으며 흔들리다 이내 툭툭 떨어지는 그 크고 수척한 느낌의 꽃을 날것 그대로 내어놓은 듯한 점에서 더 매력적이다. 목련이라는 두 글자 혹은 magnolia라는 글자를 눈으로 봤을 때보다, [몽년]이라고 말하고 '매그노올리아' 하고 소리 내어 읽을 때 한 편의 시가 구축하는 시적 세계에 한 걸음쯤 더 깊이 들어선 것 같은 기분이 들지 않는가. 진수미 시인은 자음과 모음, 그리고 알파벳이 의미를 갖는 단어를 형성하는 조합으로 나열된 이미지와 같은

문자에 익숙해진 눈들을 탈취하고("네 몸을 탈취하자마자/ 사각사각 안구를 돌려 깎는다") 눈이 아닌 다른 기관을 통해 시를 향유하기를 바랐던 것인지도 모르겠다. 이는 진수미 시인이 단순히 시각보다 다른 감각을 중요하게 여겼다는 말이 아니다. 이 시에서의 눈은 시각으로 감지하는 일차적인 이미지뿐만 아니라, 그렇게 확인한 이미지를 확고한 상으로 저장함으로써 누구에게나 기억이라는("망막에 맺힌 시간들") 이름으로 간직된 일종의 이차적인 이미지를 의미하기도 한다. 진수미 시인은 눈이란 그렇게 고정된 이미지로서의 관념을 형성하는 기관이므로 시를 읽는 일에 있어서는 반드시 필요치 않은 것으로 여기는 듯 보인다.

읽기가 눈이 아닌 입의 일일진대, 쓰기는 어떠하겠는가. 예외 없이, 진수미의 시는 쓰기가 손이 아닌 몸, 더 정확하게는 몸통과 혈관을 통해서 행해지는 일임을 보여 준다. 앞서 시인이 하나의 몸을 탈취하자마자 행했던 일이 "안구"를 벗겨 내는 일에 있었듯이, 눈 없는 화자의 몸은 자의에 의해서 무엇도 수용할 수가 없는 처지가 된 것처럼 보인다.("주십시오, 부탁입니다") 그 몸은 그저 구멍으로 겨우 존재한다.("구멍일 뿐이지 나는") 그러한 시인의 몸은 단순히 감각에 예민한 몸이 아니다. 그 몸은 외부의 자극을 그대로 통과시키면서 비로소 말을 하는 몸이다. 그때 그 몸은 그대로 하나의 악기이다. 이처럼 이때의 몸이 하는 말은 소리가 되고 소리가 곧 시이다.

그러니 이 시를 한 편의 음악이라고 하자. 이 화자는 표정도 없이 맨몸으로 하나의 "피리"가 된다. 이 관악기 속을 "자유롭게" 들락거리는 것들이 있다면 그것은 어떤 "숨결"일 것이다. 이 숨결은 또한 "열기"를 갖는다. 열기를 띤 숨결은 곧 혈관 속을 흐르는 피(血)이기도 하다. 허망한 화자의 몸에 그들이("당신들의/ 피리") 들락거리며 화자의 몸을 달구고 들뜨게 한다. 열에 들뜬 몸은 만개하지 못하고 떨어져 내리는 꽃송이이기도 하다. "촉대에서 굴러떨어지"는 목련과 놓쳐 버린 "만년필"의 이미지 또한 겹쳐지는데, 이때 목련 송이가 떨어지며 온몸으로 적어 내는 글자는 아마도 '피다'의 미래형인 '피리'일 것이다. 이처럼 한 편의 시가 소리를 내며 적힐 때, '피리'라는 하나의 단어에서도 여러 존재의 목소리가 겹쳐서 흘러나오게 된다. 이는 마치 고대 연극에서의 코러스처럼 시의 내부에 자리를 마련한 "(합창)"과 같다. 이 시의 합창은 피기도 전에 진 목련이 피리 같은 몸에게 전하는 이야기이다. "우리가 죽어 봐서 아는데" "영혼은 빛이 아니라/ 열이란다". 또한 제 몸을 텅 비우고 그 몸으로 흘러드는 것들의 소리를 그대로 들려주기를 바라는 음유시인은 이 시를 빌려 이렇게 전한다. "나를 들이쉬어도 좋을 것 같은 숨결"이 내 몸 구멍을 통해 드나들며 열기를 띤 시를 쓰게 한다고. 그 열기 띤 시는 팽만한 사랑의 노래와 같고, 그 노래는 사랑이란 입술과 입술의 만남보다 숨결과 숨결의 만남을 우선하는 것이라고 한다.(「껍 씹는 여자」)

3

진수미의 시들이 입에서 나와 다른 입으로 들어가고, 온몸을 통과해서 다시 흘러나오는 노래의 형식을 체현하고 있다는 점을 살펴보았다. 진수미 시인은 노래와 시가 엄밀하게 구별되기 이전의 시의 형식을 재현하려는 것이 아니다. 오히려 진수미의 시는 노래가 어째서 시가 될 수 없는지를, 시는 어째서 노래가 될 수 있는지를 고민하는 것처럼 보인다. 진수미의 시는 노래에 깃든 자유분방함을 그대로 시에 옮겨 오기를 거부하면서도, 시를 이루는 언어를 음악의 음으로 변환하기를 꿈꾸기 때문이다. 이 시집에 실린 많은 시들이 시작(詩作)에 대한 시인의 고뇌를 드러내고 있는데, 그 대부분의 고뇌는 문자가 소리가 되고 나아가 화음을 갖는 음악의 형식을 취할 수 있는가 하는 데까지 이르는 듯하다.

이 봄
끔찍하게
서정적인 존재가 되어간다.

시란 무엇인가,
똥을 소재로
다음 주까지 시를 써 오세요.

학생들이 입을 모아 노래한다.
히라프 히라프 히라프

등을 돌리면
흑판과 나 사이
대기도 숨을 몰아쉬는가
“사랑해”라고,

너를 향하지 않은 그 말
한숨처럼 허공에 뿌려졌을 때

네가 있어 그 말은 외롭지 않았고
“나도”라고 말함으로써 너는,
이 세계를 완성시켰지
똥을 사랑하는
네발짐승의 간절한 눈빛으로

학생들이 소리 높여 외친다.
히라프 히라프 히라프

모든 물방울은
하나하나가
작은 물고기와 작은 뱀들로

가득 차 있다.

그들을 해방시키리라.
무슨 수로?

신께 기도드려야지.
당신의 지휘봉을 빌려 주십사고,

시란 무엇입니까.
희구希求가 말이 되는 순간
침샘에서 방광까지
작은 물고기와 작은 뱀들의 꿈틀거림

물이기도 하고 대기이기도 한
저 구름들은?

학생들이 악을 쓰듯 외친다.
히라프 히라프 히라프

몸을 돌리는 순간
주렁주렁 열매를 매단 다프네가 서 있다.
하나씩 떼어 그대에게 던진다.

사랑해」

똥이 간절한 눈빛으로

—「봄의 히라프」

이 시는 소리 내어 읽어 보면, 독백과 방백과 지문과 코러스가 함께 있는 연극의 대본처럼 쓰였음을 알 수 있다.(독백과 방백만이 있다고 보는 이유는 이 시가 화자 자신에 대해서 묻고 답하는 고백 투를 바탕으로 하지만, 없는 상대방이 있는 듯 짐짓 질문을 던지기도 하기 때문이다.) 그 각각을 떼어 내서 읽어 보자. 먼저 독백. 이 시의 화자는 자기가 "서정적인 존재가 되어간다"고 고백하며 등장한다. 그 변화는 사랑에 관해서 그러하다. 화자는 자신이 어떻게 사랑이라는 "세계"를 자신의 것으로 완성했는지를 말한다. 사랑은 "사랑해"라는 말로서 "허공"에 뒤섞인 한낱 "한숨"과도 같은 것이었으나, 그 말을 향해 화자가 "나도"라고 대답함으로써 하나의 완성체(세계)가 되었다. 하나 이 사랑의 세계, 말이 완성한 세계는 사로잡으려 하면 사라지는 세계이기도 하다. 아폴론이 사로잡으려 하자 월계수로 변신해 버린 그의 사랑 다프네처럼, 이 세계는 한순간 배반하여 화자를 더 간절하게 한다. 다음은 방백. 화자는 "시란 무엇인가", "시란 무엇입니까" 하며 반복해서 질문한다. 그 질문은 "똥을 소재로" 글을 쓰는 일과 연관되어 있다는 암시를 갖는다. 이러한 독백과 방백 사이, 지문이 큰따옴표(" ")를 입고 잠언(箴言)처럼 끼어든다. 또한, 세 번의 코러스는 "학생들"의 몫이다. 학생들이라고 호명하는 것으로 보아 이 화자를 선생님이라 볼 수도 있을 텐데, 그렇다면 시란 무엇인가 묻는 자는 화자이고 학생들이 그 대답을 희구하며 돌려주는 질문을 되받는 자도 화자이다. 이 화자의 사랑 혹은 시에 관한 자문자답 사이, 학생들은 입을 모아 "히라프, 히라프, 히라프" 하고 반복해서 노래한다.

정리해 보자. 시는, 화자인 나에게 있어서 온몸을 가득 채우고 있는 것이자 끝내 배출해야 하는 똥과 같은 배설물이고, 너와의 세계에 있어서는 사랑(말)이며, 누구나에게 있어서는 간절한 것("눈빛")으로 통한다. 시는, 온몸을 통과하여 나오는 것, 존재의 "침샘에서 방광까지"를 가득 채우고 있는 것이다. 이러한 시를 제 몸에 채우고 있는 자는, 그리하여 "끔찍하게/ 서정적인" 존재이다. 그러니 존재를 가득 채우고 있는 것들을 "해방시키"고자 하는 화자의 시도는 앞서 보았듯 몸속에 있는 것들을 배설하는 일과도 같다. 그런데 그것은 신의 "지휘봉"을 빌려 하는 일이기도 하다. 이 시에서 지휘가 필요해 보이는 것은 "입을 모아" "소리 높여" "악을 쓰듯" 합창하는 학생들의 노래이자 외침이지 않은가. 이렇듯 시를 쓰는 일은 다시, 시가 계속 '여기에서부터' 시작되게 하는 주문을 거는 일이 된다.

이 시는 시란 무엇인지 물어도 알 수 없는 것이며, 그것에의 "희구希求가 말이 되는 순간" 그 말이 다시 시가 된다고 이야기한다. 근원적이면서도 간단한 질문의 형식은 이 시에서 이야기의 형식으로, 이야기는 다시 대본의 형식으로 변주되어 반복을 통한 음악적인 효과를 성취한다. 단일한 스토리의 진행을 간섭하고 훼방하는, 시구마다 서로 다른 말투들은 단절이 반복을 가능하게 한다는 것을 생생하게 들려주면서, 그뿐만 아니라 시적 긴장을 자아내며 이 시를 한 편의 흥미로운 연극처럼 관람하게 한다. '히라프, 히라프, 히라프'는 끝내 이 시적 청중의 합창이자 요청이 되고, 그로써 시는 독자의 희구가 된다.

4

그의 이름에는 한없이 긴 낭하 끝 거울 같은 울림이 있지.
회당 첨탑 끝
종(僕)이 종을 울렸어. 뎅그렁
소리 날까?
종이가 종이를 울리면? 파르르르륵
은행의
계수기 소리

거의 시적인 공명상자 같은 이름, 나는 고아이며 과부란다.
두 시간 전 혼례복이 10분 후면 검게 물들여진다.

서두르렴 곡소리와
뱃가죽을 찢고 나오는 앙상한 손가락
종이가 종이를 울리면,

Baby…… kill, baby!
이곳의 주인은 소리가 아니야.

—「랍비 레비나스」

시인이 시란 무엇인가를 물어보고자 했던 선생님은 레비나스였을까. 시집의 끝에 실린 이 시의 마지막 구절은 자못 의미심장하다. 눈을 지우고 온몸으로 말(소리)을 갈구하던 음유시인은 이제 와 "이곳의 주인은 소리가 아니야."라는 말로 이야기를 맺는다. 이 말은 마치 한 편의 영화 내내 어느 집의 주인이 소리인 줄로만 알았던 관객에게, 영화의 마지막 장면이 던져 주는 반전처럼 섬뜩하게 느껴진다. 이 집 안에서 모든 것이 죽고, 그 죽음의 원인이 소리인 줄로만 알았는데, 알고 보니 소리를 능가하는 존재가 이미 우리 곁에 항상 있었다는, 끝내 부정할 수 없는 진실의 기척처럼. 시인이 주를 달아 덧붙이고 있듯, "Baby…… kill, baby!"라는 단말마가 이탈리아 공포 영화의 대부인 마리오 바바의 영화(「Kill, baby…… Kill!」(1966)에서 가져온 것이라는 점은 그 느낌을 증언하는 듯하다.

이 짧은 시를 몇 번이고 반복해서 읽다 보면, 시의 분위기를 압도하고 있던 죽음의 그림자도 "곡소리"도 "뱃가죽을 찢고 나오는 앙상한 손가락"의 기괴한 이미지도 모두 음침하게 가라앉고, 놀랍게도 어둠 속에 하나의 "울림"이 한없이 길게 전해진다. 그러니 이곳의 주인은 소리마저도 사라진 이후에 남는 이 울림일지도 모른다. "그의 이름"에 깃든 이 울림은 단순히 공기의 파장만을 의미하지 않는다. 이 울림은 비유컨대, 한없이 긴 복도의 끝에 놓인 거울과도 같다. 이 비유는 다시 마리오 바바의 영화를 떠올리게 한다. 「Kill, baby…… Kill!」의 인상 깊은 장면 중 하나는 주인공이 누군가를 쫓아서 수많은 문이 있는 복도를 지나가는 장면이다. 이 긴 장면의 끝에서야 비로소 알 수 있는 것은 제가 쫓고 있는 자가 바로 자신이라는 섬뜩한 사실이다. 무한의 끝에 놓여 있는 무한을 되비추는 거울이란, 결국 입구와 출구가 봉쇄된 미로처럼, 무엇을 얻으려 해도 결국 무엇을 얻고자 하는 자신만을 거듭해서 발견하게 되는 메아리 같은 울림이다.

끝내 진수미의 시가 전하고자 했던 것은 이 울림이 아닐까. 울림은 애초의 소리로서 음원이 있어야만 발생할 수 있으며, 그러므로 시인은 문자에서 발음으로, 묵독에서 음독으로, 그것을 음유하는 최종의 방식인 울림으로 오랜 길을 차분히 밟아 온 것처럼 보인다. 진수미 시의 울림은 단순히 소리가 되돌아오는 방식의 메아리가 아니라 넓은 의미에서의 반향(echo)이다. 이러한 울림은 여러 차례 반복해서, 다양한 방향으로, 수많은 면모에 반사되어 되돌아오는 소리로서, 애초의 소리를 기억하게 하면서도 새롭게 창조하는 소리이다. 그러고 보니 이 시에서 주인은 소리가 아니었던 게 아니었을지도. 울림이란 (애초의) 소리를 죽이면서 태어나는 소리들이므로, 또한 이곳의 주인은 계속해서 소리일 수밖에. 진수미 시의 울림은 이처럼 소리에서 소리들로, 반향에서 잔향으로 끝없이 울려 퍼지면서 이야기의 차원을 확장한다.

마지막으로 한 편의 시를 더 읽어 보자.

읽어라. 무엇을?
멀리 닭 한 마리, 형체 없는 새벽을 운다.

읽어라. 누구를? 먼동이 트는구나.
텅 빈 페이지 한 장 바람도 없이 일어서고 있다.

읽으오.
읽는 자에게 복이 있나니,
청각장애인이 하도 떠드는 통에 잠을 이룰 수가 없구나.
암사역에 하차하면
점자도서관에 가까워지니?

분쇄된 활자를 백지 위에 쏟아 놓습니다. 흑색의 마취 혹은 각성의 가루들. 외눈박이처럼 한쪽 콧구멍을 막으면 더 황홀해질까요. 10분 뒤 당신은 죽은 새가 놓인 두 갈래 자갈길에 서 있게 된다. 흙을 주세요, 가엾은 새들. 어느 방향을 택해도 황무지, 황무지, 황무지가 펼쳐질 터.

이름 감춘 자의 머릿속을 저벅저벅 걸을 수 있다. 소리는 멋대로 커지고 또 작아진다. 작가는 아무것도 돼서는 안 돼. 그녀의 이야기에는 언제나 이름을 바꾼 자가 등장하지요. 그들은 글을 쓰고 있습니다. 아무것도 되지 않기 위해 아무거나 돼 버리기 위해 당신의 맷돌은 싸르락싸르락 바람 위에 한 톨의 모래를 얹고 있습니까.

—「비인칭 독서」

이 시는 시각을 상실한 화자의 독서법을 보여 준다. 이 화자는 형체가 보이지 않는 닭이 멀리 있다는 것을 닭이 우는 소리로 알고, 따라서 새벽의 지평선을 읽어 낸다. 이 화자가 읽는 것은 새벽이다. 이 새벽은 화자에게 "텅 빈 페이지"처럼 활자로 읽을 수 있는 것이 아니라 "먼동"처럼 희미한 기미로 감지되는 대상이다. 화자의 읽기는 촉감에 의존하는데, 이 촉감은 바람 같은 표면의 마주침이 아니라, 빛처럼 전신을 육박하여 화자의 자각을 솟구어 세우는 존재론적 만남과 흡사하다. 눈이 아닌 소리와 빛으로, 온몸이 귀가 되어 읽는 세계는 "청각장애인"의 세계와는 달리

자주 소란스러울 것이다. 이 화자는 소란의 원인이 청각장애인에게 있음을 알면서도, 그에게 질문을 던진다. 이 같은 화자의 행위는 형체를 보지 않고도 그것이 무엇인지 알아맞히는 "암사"의 그것처럼, 볼 수 있는 것보다 중요한 것은 볼 수 없는 것을 보는(맞히는) 능력이라는 것을 암시한다. 청각장애인에게 던져진 암사의 질문은 (돌아올 수 없는) 답이 돌아오기도 전에 정답을 맞혀 버린, 들을 수 없는 자와 볼 수 없는 자의 자리의 역전을 의미한다. 다시 말해, 볼 수 없는 자가 들을 수 없는 자의 들을 수 없음을 아는 것은, 들을 수 없는 자가 볼 수 없는 자의 볼 수 없음을 아는 것과는 다른 차원의 일이다. 이 시의 화자는 그 차원을 뒤바꿔 놓음으로써 보는 일과 듣는 일의 지위를 역전시킨다.

실상 이 화자의 말처럼, "활자"는 "마취 혹은 각성의 가루"에 불과할지도 모른다. 활자로 이뤄진 세계는 그 세계에 들어선 당신에게 다만 "10분 뒤"에 어떤 일이 일어나게 될지 명백히 예언할 수 있을 만큼 거칠 게 없는, "황무지"와도 같은 곳이다. 이 백지 위의 흑색 가루가 자기의 뜻대로 당신을 마취하거나 각성하게 하여, "아무것도 되지 않"게 하거나 "아무거나 돼 버리게" 하기 때문이다. 이 세계에 발을 들여놓게 된다면 당신은 흑색 가루에 중독되어서 "어느 방향"이랄 것도 없이, "새" 길을 발견할 것도 없이 허허로운 곳을 방황하게 될지도 모른다. 이 세계의 이름이 묵독이다. 반면, 이 시의 화자가 추구하는 "소리"의 세계가 있다. 이 세계의 "작가"는 스스로 "아무것도 돼서는 안 돼"며, 그저 "이야기"를 들려줄 뿐이다. 이 작가, 그녀가 전해 주는 이야기 속에는 "언제나" 무수한 존재가 등장하는데, 그들은 다만 "멋대로 커지고 작아지는", "저벅저벅"대는 발(걸)음의 기척으로 감지된다. 이 세계에서는 이러한 소리의 기척이야말로 "글을 쓰고 있"는 일을 의미한다. 발음하는 일이 곧 쓰는 일이 되는 것은, 줄곧 진수미 시의 독서를 향유하는 원리가 아니었던가.

오랫동안 나는 머릿속에서 활자를 따라 걸었고, 너 역시 너의 머릿속을 헤매면서 묵독의 세계에서 방황했다. 마침 진수미의 시는 독서가 음독(音讀)의 일이라는 것을 다양한 이야기로 너와 나에게 들려준다. 진수미의 시는, 독서란 애초에 나와 네가 만나는 담화 상황에서 비롯된다는 점을 상기시키면서("읽어라", "읽으오"와 같은 목소리를 통해 독서를 고하면서) 각자의 묵독이 상대방에게 들려주는 이야기, 즉 음독의 차원으로 넘어가는 것이 독서의 시작임을 알린다. 시인은 말한다. "읽어라." 나 혹은 네가 묻는다. "무엇을?" 혹은 "누구를?" 시인은 답한다. "읽는 자"를 "읽으오."

진수미 시인은 활자가 아니라 소리를 읽기를, 소리로 읽기는 시각이 아니라 다른 모든 감각으로 인지하는 것임을, 그렇게 읽는 자를 읽기를, 그때의 읽기는 이야기를 들려주는 차원에서 쓰기와 다르지 않은 것임을 알려 주고 청유(請由)한다. 그로써 독서는 주인의 자리를 소리에게 내주는데,

이 소리는 계속해서 이름을 바꾸는 빈사(賓辭)에 다름 아니므로, 진수미의 시를 따르는 독서는 끝내 "비인칭"의 행위일 수밖에 없다.

진수미의 시를 함께 써/읽어 보았다. 음유시에 가까운, 이 특별한 형식은 문자 문학만으로는 결코 충족되지 않는 또 다른 향유에 대한 갈망이자 희구에서 비롯된 것 같다. 이러한 진수미의 시는 고독한 읽기(묵독)만을 강요하는 근래의 삶의 지평에서 문학을, 특히 시를 구출해 내려는 보기 드문 시도가 아니겠는가. 각종 수사법과 문자의 함수를 통해 정연한 말을 만들고 현란한 이미지와 표지로 장식된 문자의 세계는 논리와 계산이 지배하는 과학의 세계와 구별되지 않는다. 그러한 세계에서라면 과학에 귀속된 문학은 본연의 목소리를 잃고 울림을 잃고, 결국 인간의 마음을 동하게 할 방도를 잃어 가게 될 것이다. 바로 이러한 때, 우리의 손에 들린 이 시집은 얼마나 고맙고 고귀한 것인가. 그러니, 밤마다 백지 위를 뒤척이며 온몸으로 노래하고 있을 기사-시인을, 이야기를 전해 주러 별빛을 따라가고 있을 유랑자-시인을 잊지 말기를. 아침이 오더라도 시인의 밤에서 함께 노래할 수 있기를, 그 노래로 영원히 우리의 몸이 길게 울리기를.

진수미

1970년 경남 진해에서 태어났다.
1997년《문학동네》신인상을 수상하며 등단했다.
시집『달의 코르크 마개가 열릴 때까지』가 있다.

밤의 분명한 사실들

1판 1쇄 찍음 · 2012년 3월 16일
1판 1쇄 펴냄 · 2012년 3월 26일

지은이 · 진수미
발행인 · 박근섭, 박상준
편집인 · 장은수
펴낸곳 · (주)민음사

출판 등록 1966. 5. 19. 제16-490호
서울시 강남구 신사동 506번지 강남출판문화센터 5층 (우)135-887
대표전화 515-2000 / 팩시밀리 515-2007
www.minumsa.com

ISBN 978-89-374-0798-7 (03810)